ANACRONIA

Carolina Schmidt

ANACRONIA

Carolina Schmidt

Diagramação: Carolina Schmidt

Capa: Frederico Schmidt

Revisão da Língua Portuguesa: Ana Maria Lange

Dados Internacionais de Catalogação na Publicação (CIP)

Schmidt, Carolina, 1988.
    Anacronia / Carolina Schmidt.
Curitiba: Carolina Witchmichen Penteado Schmidt, 2016.

ISBN 978-85-920627-1-2

    1. Ficção Brasileira 2. Literatura Paranaense
I. Título II. Schmidt, Carolina III. Psicodelia

CDD: B869

CDU: 821.134.3(81)

1ª edição, 2016. Impressão sob demanda.

Registro de Direitos Autorais na Biblioteca Nacional: 706629

Que nunca nos falte alegria.

Prelúdio

Escrevo livros desde que aprendi a escrever com meus pais, aos quatro anos. Em toda a bagagem que formamos durante a vida, a maioria das coisas que seriam preciosas algum dia vira lixo pouco tempo depois de criadas; assim sendo, tenho poucos desses manuscritos. Um livro guardado pela minha mãe, minúsculo, feito com folhas sulfite coloridas de um bloquinho, grampeado, com direito a capa com um pinguim desenhado (o pinguim de pano que eu tinha na época, o Fundicelo); direito também a ilustrações feitas por mim, foto 3x4 colada no final do livro e erros de português. Um livro completo. Restou também um livro de crônicas, escrito quando eu tinha mais ou menos oito anos. Crônicas as quais voltei a ler anos depois e reescrevi uma em alguma hora vaga. Sou farmacêutica também, especialista em oncologia, com muito amor pela oncologia infantil. Escrevi um livro chamado: "O que é Câncer? — Um Livro para Crianças" no mesmo período de *Anacronia*, assim como minha monografia da pós-graduação, que está em processo de publicação internacional através de uma editora científica. Trabalhei durante anos naquele livro e, pelo menos sem a formatação da editora, chega a quase 300 páginas de um tema específico sobre oncologia infantil. Além desses ofícios, ainda abraço as tarefas da casa e da arte de fazer queijos. Nunca consegui fazer apenas uma coisa na vida.

O livro *Anacronia* foi escrito em um impulso de voltar a escrever, sem pretensões. Escrevia nas horas vagas e levei mais de um ano para terminar. Apesar de nenhum personagem representar alguém especificamente, coloquei minhas ideias e meus gritos. É um livro com as cores da minha alma. Quando percebi isso, além do fato de ter características específicas (lugares) do Paraná e uma forte crítica a fatos relacionados não só mundialmente, mas localmente, percebi que deveria publicar. Achei que este livro tem cara nova, não se parece com outro. Achei que deveria vir a fazer parte da nova geração da literatura paranaense. Meu marido fez a capa, conforme eu pedi. Na versão anterior fiz uma revisão do português sozinha (para não dizer que não teve), coloquei o pseudônimo de Duma Molly (não queria comparações entre a área científica e a criativa) e disponibilizei em uma plataforma digital. Uma publicação um tanto *indie*. Foi a melhor forma de publicar sem investir financeiramente.

Depois de alguns meses, peguei tanto afeto pelo livro, que achei que deveria fazer mais. Pesquisei sobre editoras e percebi os problemas que muitos escritores têm com elas. Acabei escolhendo enviar para Portugal, motivada, principalmente, pela perspectiva de vender no Brasil e lá. Recebi a primeira proposta e percebi que, do Euro ao Real, o livro chegaria ao Brasil por um valor impagável. Neste meio tempo, eu já havia conseguido uma parceria com o ilustrador e amigo Bruno Calmon para o livro infantil sobre câncer; já havia verificado as possibilidades de impressão independente (pois editora para livro infantil não seria viável, beirando ao prejuízo), já havia desistido e voltado atrás da impressão do livro infantil várias vezes. Seria inviável o preço que ficaria no final, com a impressão tão cara pelas gráficas. Apesar da isenção de impostos para livros, os serviços não são isentos, e a impressão no Brasil, principalmente colorida, é extremamente cara. Foi quando encontrei a luz no fim do túnel, imprimir o livro infantil na China. Gostaria de favorecer nosso país, é claro! Mas nosso país não me favoreceu. Neste meio tempo, já havia cotado impressão do *Anacronia* no Brasil e achei uma gráfica com a qualidade que eu queria e que eu conseguiria vender por um preço justo (vamos fomentar a leitura então...). Pensei em prosseguir com a impressão do infantil na China, mas nesse meio tempo, fiz outra coisa que adoro, negociar. Consegui na gráfica brasileira, a mesma onde seria impresso *Anacronia*, quase o mesmo valor da proposta da China. Resolvi imprimir ambos no Brasil e lançar juntos. Recebi outra proposta de Portugal para *Anacronia*, era uma editora com sede no Brasil também, e o preço ficaria, de certa forma, viável. Como eu já havia descoberto a publicação independente e suas vantagens, resolvi fazer por conta e vender a um preço consideravelmente menor. Além disso, teria maior controle sobre a disponibilidade em livrarias e das vendas, sem contar que nenhum escritor gosta de ter alguém falando para modificar algo no livro para ficar "mais comercial". Contratei revisão do português, troquei o pseudônimo para o meu nome, aprendi a diagramar livro, estudei tipografia e fiz da forma como achei melhor. Busquei os registros necessários. Não mais *indie*, agora profissional, mas ainda independente.

CAROLINA SCHMIDT

1

Do dia a dia

— Adam, Adam! Acorda, Adam!

Acordei e saí andando como sempre fiz em dias normais. Acordei um tanto assustado, ouvindo a voz nervosa da Judy. Não tenho ideia do que sonhei, mas claramente era a voz da Judy. Pergunto-me se em um dia normal as pessoas conseguem acordar e sair andando, ou se todas precisam ficar ao menos mais cinco minutos na cama. Não sei bem de onde veio este costume, de acordar e levantar imediatamente. Recordo-me de algumas vezes ter saído da cama e nem ao menos era dia. No impulso quase vital de levantar, não cheguei a perceber que ainda era madrugada.

Era dia. Tomei meu café tão amargo quanto à vida, e depois, um banho tão frio quanto à alma. Fazia calor lá fora, tanto, que justificaria o banho gelado. Vesti-me rapidamente como sempre e segui ao laboratório.

O laboratório fica há quase sete quadras do meu apartamento. Sempre fui a pé, sempre tive uma fascinação pela vida das pessoas — na verdade, pelo que eu imagino da vida delas — e utilizar outro meio de transporte talvez me privasse de uma das maiores belezas do meu dia: observar a vida alheia. Algumas vezes, já quis perguntar às pessoas se elas tinham curiosidade pela vida alheia; algumas vezes cheguei a perguntar e ouvir "não" como resposta ou simplesmente que sim, mas com uma explicação tão longe do meu motivo, tão focada apenas em comparação ou fofoca, que, na verdade, eu nunca tive a oportunidade de me expressar sobre isso e ser compreendido. A minha fascinação pela vida alheia deve-se ao fato de poder olhar para dentro de uma janela com a luz acesa e imaginar o que se passa dentro daquela casa, quem mora, o que as pessoas fazem em dias normais, como vivem; gosto de ver o sapato de uma pessoa e imaginar de onde essa pessoa veio, para onde vai... Uma coisa que descobri quando criança é que podemos descobrir muito sobre uma pessoa pelo seu sapato. Um dia, ouvi uma prima dizer para outra que, para conhecer um homem, deve-se observar seu sapato e seu relógio. Eu era criança, mas nunca me esqueci de cuidar dos meus sapatos e do meu relógio.

Uma das casas no meu caminho é uma linda e enorme casa branca, com parte das paredes, até a metade mais ou menos, em pedra em um marrom claro. A casa é bem posicionada no meio de um jardim com a grama sempre muito bem cortada, grande, com uma cobertura ao lado, que deve ser uma garagem, a qual sempre está fechada. Ao lado da casa, há uma pequena casinha, não sei se é um depósito ou casa de empregados, mas por si só já bastaria para chamar a atenção. A casa está posicionada em um nível acima da rua como se fosse um pequeno morro, um terreno elevado, ligeiramente acima da rua, mas completamente reto, sem pico; uma pequena grade branca circunda a casa, embaixo da grade, um muro de pedras cinza que acaba na calçada. A minha fascinação contínua por essa casa se deve ao fato de que nunca vi ninguém nela. Realmente é uma casa muito bonita, bem cuidada, chama a atenção. Como poderia passar por ali todos os dias e não imaginar vida dentro dela? Desde a primeira vez que passei por ali, imaginei um casal idoso vivendo na casa. Talvez pelo motivo de que a casa sempre estivera toda fechada, porém bem cuidada. Eu sentia que havia vida naquela casa, imaginei um casal de idosos por nunca alguém estar à mostra no quintal. Ao lado da casa, há duas lamparinas, as quais, algumas vezes, eu via acesas à noite. O que me ocorria quando via as lamparinas acesas é que a vida ali dentro queria sossego. Ficar fechada, mas mostrar que havia vida ali, como um grito de que sua casa não estava só, em uma mera tentativa de se protegerem à noite.

Os tempos não estavam fáceis para ninguém, porém, mesmo com tanta concorrência, pouco incentivo de todas as partes imagináveis, abri o meu laboratório, o qual vai bem, mesmo que com um grande esforço e sem ostentação. Penso hoje que enriquecer os outros é bobagem... depois de minhas péssimas experiências em alguns lugares, com muita formação, muito estudo e muita dedicação, engolir sapo tinha-se tornado uma questão de opção. Afastei-me dos medíocres, levei deles tudo o que podia. Meu último coordenador foi um grande mestre, dele levei várias lições. Aprendi tudo o que não se deve fazer para um negócio ir para frente. Todas as experiências são válidas. Sobreviva a elas e um dia você tirará proveito.

Um dia... Todas as grandes coisas começam com um dia... Talvez, porque se apenas começarem com a história em si, não se tornam tão grandes. Um dia, eu estava caminhando do laboratório de volta para casa quando vi um papelzinho azul no chão. Vendo que estava escrito algo, achando aquilo tudo muito estranho, não me contive e o peguei. Estava escrito:

"Esforçai-vos, e não desfaleçam vossas mãos porque a vossa obra tem uma recompensa." II Crôn. 15:7.

Guardei aquele papelzinho na parede de meu apartamento em uma estante de madeira com vários quadrados, coberta com vidro; era uma estante com miniaturas de carros de coleção. Prendi no vidro que corre na madeira. Ao longo dos dias tristes e duros, sempre li o papelzinho, sempre me deu forças para continuar levando a situação e aprendendo com os sapos que a vida enfia goela abaixo. Novos tempos, agora eu sou quem poderia enfiar sapos goela abaixo, mas não, sou feliz e agradecido pelos meus funcionários. E aí eu lembro o que passei e lembro-me do Victor Hugo, que escreveu que os infelizes são ingratos e que isso faz parte da infelicidade deles. O papelzinho continua ali... não podemos desperdiçar os recados que a vida nos manda às vezes.

Essa era a minha vida normal, trabalhar, dar conta do meu negócio e ainda, poder tirar para pagar as minhas contas sem afetar o capital de giro do laboratório. Saía às vezes, gostava dos bares de blues da cidade. Na verdade, gostava dos dias que tinha blues nos lugares de rock. Eram mais bares de rock tocando blues do que bares de blues. Enfim, quando não havia o blues, havia o rock, e estava tudo certo.

Um dia, — como sempre as grandes coisas acontecem e mudam nossas vidas também — eu resolvi caminhar no parque pela manhã como fazia algumas vezes nos finais de semana. Resolvi ir ao Bosque Alemão, um lugar no qual havia uma capela que eu adorava olhar. A capela, — a qual assim chamo com carinho — na verdade, é identificada como Oratório Bach. A construção foi uma réplica de uma antiga igreja presbiteriana. O oratório deve ter uma acústica perfeita, fato que constatei algumas vezes cantarolando sozinho como louco ali dentro. Algumas vezes, tive vontade de escrever sobre aquilo para alguém. Quem sabe um dia publicasse um livro, quem sabe algum dia alguém se lembrasse de mim quando viesse para minha cidade e visse o Oratório Bach... Lembrei-me do Mário Quintana e do Caio Fernando Abreu algum dia destes, quando fui a Porto Alegre a negócios. Talvez acontecesse o mesmo com alguém, algum dia, quando viesse para cá e se lembrasse de mim. Entrei na minha capela. Fiquei sozinho e parado, apenas imaginando o oratório Bach sendo invadido pela Tocata e Fuga em ré menor, e pessoas entrando e saindo

19

do local. Pensei que, se um dia eu tivesse um filho, seu nome seria Sebastian, sem o Johann, apenas Sebastian. Saí dali e fui fazer a trilha de João e Maria como se eu fosse um louco doente de 30 anos que decidiu sair de casa para fazer a trilha de João e Maria. Mas quem julgaria a insanidade alheia em um mundo tão louco, onde o maior louco é o que é normal? Afinal, é normal não ser louco em um mundo como hoje?

2

Do tal dia

A trilha de João e Maria é uma trilha de pedras no bosque, na qual há placas compostas por azulejos com um telhadinho de madeira em cima, cada uma conta um pedaço da estória de João e Maria. Ao longo da trilha, pode-se ver um riozinho e também uma casinha muito bem construída, que seria a casa da bruxa, mas é uma biblioteca infantil. Neste dia, resolvi entrar na biblioteca, depois fui à frente do rio. Fui sentar-me no banco de madeira em frente ao rio quando encontrei um livro, sem dono aparentemente. Como era um livro para "gente grande", não poderia ter vindo da casinha de livros infantis. O nome do livro era "Teorema do Mundo", não havia descrição do livro na contracapa. Havia apenas o parágrafo: "A descrição faz por matar o livro. Nenhuma descrição é necessária quando não se quer espantar o leitor. A descrição sempre é mais pobre do que a grandiosidade de cada livro ou remete a algo que nunca vai levar ao conteúdo, neste caso em especial, se levado em conta o grande teorema ao qual nos inserimos nesta vida.".

A minha maior curiosidade não foi sobre o livro, mas sobre o dono deste livro. A segunda, o motivo pelo qual o livro estava ali. Quando abri o livro, percebi que se tratava de uma teoria muito estranha, meio ficção científica, meio física real... Não sei, mas li o livro até o fim, sentado naquele banco. Começava por explicar o Efeito Borboleta, como uma coisinha em algum lugar do mundo pode desencadear um turbilhão em outro lugar. O simples bater de asas de uma borboleta poderia desencadear um furacão em outro lugar do mundo?

3

Teorema do Livro

No livro havia uma teoria da repetição da vida como em camadas, em slides. Como se uma versão de você existisse e estivesse, nesta mesma hora, mas no dia de ontem, fazendo exatamente o que você estava fazendo ontem; ou, quem sabe, se uma borboleta batesse asas e modificasse as coisas, você estaria fazendo alguma outra coisa, mas no mesmo horário, no mesmo cenário. Você ontem, fazendo uma coisa diferente do que fez ontem.

Incrível! Alguma vez li uma teoria do Stephen Hawking que falava algo sobre um túnel e sobre voltar no tempo a partir disso, caso o tempo fosse como um "túnel de minhoca". Mas, e se o tempo é tão concreto como isso, se deixa estas marcas todas, teria como voltar e mudar tudo? Ou talvez, estragar de tal forma que não exista um futuro? E melhorar as coisas? Se só temos uma chance de fazer as coisas de uma só forma nunca saberemos se fizemos a melhor escolha, poderíamos voltar? Poderíamos testar várias vezes as escolhas? A ponto de ver qual a melhor forma?

O livro tinha ainda mais, além da teoria de "várias vezes você", comentava sobre vários mundos, não reais, mas ao mesmo tempo tão virtuais como o nosso como se nosso mundo fosse replicado várias vezes em cada fração de tempo e em cada mundo aconteceriam coisas de formas diferentes. Para nós é tão concreto, mas na realidade é uma abstração tão grande quanto o tempo. Por exemplo, ontem, você comeu pão de queijo de manhã e tomou café. Você comeu pão de queijo porque comprou no mercado, porém, "ao bater de asas de uma borboleta", tudo mudou, e em outro mundo virtual "você ontem está agora" comendo bolachas. Acontece que ontem, naquele mundo virtual, você está (sim, está, agora) comendo bolacha porque o motorista do caminhão, que entregaria o pão de queijo ao mercado, adoeceu e faltou durante uma semana em seu trabalho, coisa a qual ele não fez naquele dia que você foi ao mercado. Mas quando a história se repetiu, já que o passado repete-se indefinidamente, ele ficou doente devido a algum outro bater de asas de outra borboleta que fez com que acontecesse algo que deixasse-o doente.

4

Sobre a minha (não) publicação

A cordei em minha cama, não sabia se aquilo tudo fora um sonho ou uma tentativa do meu subconsciente em mostrar algo além daquele dia a dia estressante que eu levara até decidir mudar.

Eu tinha uma publicação parada naquele momento, pois eu estava realmente revoltado com as condições de publicação de hoje. Você tem uma ideia brilhante, pois, como toda ideia brilhante, você deu um passo para trás e enxergou o todo. Parece pouco, mas enxergar o todo exige uma grande habilidade. Tornamo-nos cada vez mais especialistas, mais entendidos sobre algo, até não conseguirmos mais juntar isso ao básico.

Precisamos voltar para conseguirmos enxergar o todo e então, voltando, a mente abre-se e as ideias realmente brilhantes vêm à tona. A ciência é simples. O complicado é juntar ao todo aquilo que afunilamos, ao básico. Depois disso, pensei em desenvolver minha ideia. Onde? Minha ideia não seria passível de desenvolvimento sem um laboratório equipado suficientemente; eu não conseguiria desenvolver a pesquisa sem uma instituição, infelizmente. A única alternativa que me restara era tentar desenvolver a pesquisa em um mestrado. Mas as instituições não abririam as portas para minha ideia apenas, eu teria que fazer todo o programa de mestrado, estudar as matérias, dar aulas e além de mil coisas, enfim, desenvolver minha dissertação. As minhas opções matavam minha criatividade. Lembro-me bem de um concurso que fiz para uma residência em uma instituição filantrópica. Fiquei em terceiro lugar na prova e não fui aprovado. Uma entrevista subjetiva acabou sendo decisiva para escolher pessoas recém-formadas. Não que isso seja um problema, desde que não seja em uma análise de currículo na qual é para contar a pontuação de acordo com a experiência. Foram escolhidas pessoas sem experiência nenhuma, algumas sem cultura nenhuma também, com as cabeças bem vazias, o que seria perfeito para ficarem bem cheias de tudo o que os preceptores quisessem enfiar lá dentro. Quando liguei perguntando os critérios de seleção subjetiva que não constavam no site, disseram que não poderiam revelar. A meu ver, não existiam. Teve quem foi escolhido de forma justa, pois ficou em primeiro lugar na prova. Porém teve cabeça vazia escolhida, que foi indicação de amigo de alguém que mandava em algum setor do lugar. Dei graças, enfim, por não ter sido escolhido para o ninho de cobras... Já dizia Raul, muita estrela, pouca constelação. Por péssimas experiências como aquela, realmente não sei se estava disposto a passar por todas as etapas para uma prova de mestrado para talvez, encontrar uma seleção honesta, que poderia me escolher ou não, mas com critérios justos, ou ainda, talvez encontrar cobras criadas e futuras crias "cobreanas" novamente. Sou empresário, também gostaria realmente de desenvolver minha pesquisa estudando metodologia científica e apenas o que mais for pertinente ao que eu pretendo. Tenho medo também, de enviar minha ideia para algum professor e dizer: "E aí? Será que consigo uma bolsa de mestrado profissional para desenvolver a pesquisa?", e depois rirem da ideia, que será desenvolvida pela mesma pessoa um ano depois.

Resolvi que talvez o melhor seja escrever um artigo propondo a ideia, na forma de revisão bibliográfica, enviar para alguma revista de alta repercussão e depois enviar este artigo, quando publicado, para alguém de alguma instituição, propondo desenvolvermos a ideia. A ideia estaria registrada de alguma forma. Pesquisei revistas científicas de importância e percebi uma coisa absurda: solicitavam que fosse pago para ser publicado o artigo. Pesquisei de onde veio esta insanidade e percebi que antigamente instituições patrocinavam a pesquisa toda, e depois, as pessoas não tinham acesso gratuito. Então, surgiu uma coisa chamada *Open Access*. A publicação fica aberta para o mundo, de forma gratuita. Perfeito, né? Não, as revistas querem e precisam ganhar algum dinheiro com isso. Já que não será pago para comprar o artigo, quem publica paga a conta. A instituição, ou o pesquisador, deve pagar em média três mil dólares por publicação, ainda quando não cobram para submissão da pesquisa à análise. Sou a favor da economia livre, então, cada um que cobre o quanto quiser e cada outro que pague o quanto quiser; agora o problema: Quando você faz mestrado, conta publicação importante, que é classificada como importante a partir de um índice que avalia o fator de impacto. O fator de impacto é gerado a partir da quantidade de vezes que um artigo científico é citado por outros artigos em determinado período. As revistas de alto impacto, porém, além de cobrarem para publicar, são caríssimas. As próprias instituições investem nas publicações caras de alto impacto e exigem isso dos alunos, ao invés de utilizar todo este dinheiro para criar revistas de alto impacto, contratando pessoal qualificado para escolher, revisar e até escrever no começo, talvez. Minha publicação pode ser resumida nisto: Mais um sonho morto. Por enquanto...

5

Do brilho dos olhos

Um dia fui coletar sangue de uma senhora na casa dela. Cheguei, logo notei que apesar de florida a casa, bem cuidada e arrumada, tinha uma tristeza muito grande. Dava para sentir aquela tristeza toda. A senhora idosa tinha quem cuidasse dela, era uma técnica de enfermagem que me levou até o quarto da senhorinha, que, deveria estar louca, de acordo com o que a cuidadora disse. A senhorinha não falou nada, nem reclamou da coleta, mas na hora de eu ir embora disse: "O brilho dos olhos é cego".

Pensei comigo durante todo o caminho de volta, se a senhorinha estava louca ou se nós é que estávamos cegos. Pensei que talvez a senhorinha tenha atingido uma aguçada percepção. Fiquei com aquilo na cabeça: O brilho dos olhos é cego... Realmente, quantos sonhos mortos, quantas coisas nós não achávamos que seriam de tais formas. Vem o mundo cruel: com a morte, com as tragédias, com tudo o que tiver para trazer. De bom e de ruim. Matando alguns sonhos, trazendo outros.

6

O Natal

Nunca houve época do ano que gostasse mais do que o Natal. Sempre foi a época mais linda e feliz, sempre. Tia Marcelina decorava a casa toda, árvore de Natal, pisca-pisca, o qual, quando éramos crianças, no interior, nós chamávamos de foquinhos. A casa tinha outro brilho, a vida também. Viajei para o interior e fiquei na casa de meus pais. No dia de Natal, todos os anos, íamos todos para a casa da tia Marcelina, não foi diferente nesse. Quando cheguei, senti aquele cheiro de mato e aquela paz que só as cidades pequenas têm. Cheguei à minha casa, já tinha cheiro de bolo e roupa limpa. As tias todas correndo para um lado e para outro para fazer comida, lembrar o que faltava. Corriam até não poder mais para fazer uma euforia bem grande, legítima de uma família ucraniana. Se não tem euforia, não tem graça. Aquelas crônicas russas, em que uma coisinha mínima desencadeia uma coisa gigante após cinco minutos, são as crônicas que retratam verdadeiramente minha família. A Baba, vó em ucraniano, é a grande matriarca da família. Ficou viúva bem cedo, mas teve sete filhas. Imagino onde isso iria parar se tivesse tido mais tempo... Tia Marcelina era a mais velha de todas, depois a tia Veruska, tia Antoniuska, tia Virka, que na verdade tinha o nome de Virginia, tia Martina, Leda, que era minha mãe e a tia Vanka, que tinha o nome de Vania. As mulheres da família da minha mãe, todas, falam muito alto, ao mesmo tempo. Bem diferente da família alemã do meu pai.

Todo Natal começa com todas as mulheres felizes, reunidas na cozinha, fazendo juntas doces e salgados para o Natal e termina com todas brigadas. Ouve-se uma gritando em ucraniano com a outra. Uma entra no meio para defender a outra, depois, as duas que estavam brigando se unem contra a que se meteu e vai tudo tão longe, que depois todas vão embora brigadas. Aí, no dia de Natal, todas se reúnem na casa da tia Marcelina e se abraçam e fazem as pazes, enfim, estão todas prontas para a próxima briga. Todo ano é igual. O Natal era uma coisa linda e realmente divertida. A Baba dormindo no sofá, as crianças soprando flauta no ouvido dela para acordá-la, com todo o ar que tinham nos pulmões. A mãe de uma delas ao telefone fala: "Só um minuto", para a pessoa do outro lado da linha e tenta tacar o telefone, segurando pelo fio, na cabeça de uma das crianças que fez isso. Erra, pega o telefone novamente e volta a conversar como se nada tivesse acontecido. Realmente uma época mágica.

Após o almoço de Natal, lá pelas 17 horas, saí da casa da tia Marcelina e fui para a casa do Johnny; a turma iria toda para lá. O Johnny é um cara bem independente, dono de um bar, o Elfos, que é todo decorado de uma forma bem mitológica. Ele tem sua casa, também por isso nos encontrávamos lá. Johnny é muito inteligente, escreve muito bem, apesar de nunca ter publicado nada. Johnny fala as coisas na lata, é um amigo sincero e fiel e sempre está de portas abertas para quem ele gosta, que, na verdade, não são tantas pessoas. Cheguei lá, já estava Robin, o gordinho da turma. Robin é aquele gordo bem resolvido, adora comer e não tem frustração nenhuma, é feliz e diz que magrinhos não têm graça, que as mulheres gostam de ter o que "afofar". Depois chegou a Judy, minha prima. Judy cresceu comigo, é como se fosse uma irmã. Ela tem cabelo curto, com franjinha, pintado de vermelho e algumas tatuagens. Judy toca guitarra, mal pra cacete, mas ela mesma sabe disso. A Judy curte blues, rock, música clássica e tem uma excelente percepção musical, mas toca punk mesmo, que é o que consegue. A Judy mora fora, sempre se muda de uma cidade para outra, sempre cidades grandes. Também estava lá Yuri, o inteligente da turma, com seu jeito reservado e seus grandes e inseparáveis óculos. Na verdade não sei se ele é mais inteligente do que nós ou se aparenta, já que tem cabelo castanho meio ruivo, descabelado e seus grandes óculos.

Quando cheguei, estavam com o manuscrito do livro do Johnny, comentando.

Judy — Isso aqui tá uma merda.

Johnny — Cala boca, Judy, você nem escreve.

Judy — É sério. Você pediu uma opinião sincera. Quase não tem ponto neste texto. Se ler em voz alta é capaz de morrer de apneia. Já pensou? Alguém morrendo de apneia porque leu seu livro?

Robin — É a escrita mais real que já li. Falamos exatamente assim, ninguém aqui para para tomar fôlego.

Robin falava enquanto se abanava da baforada de cigarro do Johnny.

Yuri — Você já leu, Adam?

Eu — Não, não li.

Judy — Cara, não acredito que você fala sobre a Mia no livro.

Eu — Ah não, já vai começar este assunto de novo?!

Yuri — E quando não? Desde o ocorrido, sempre que nos vemos, falamos disso.

Robin — Só digo o que digo sempre quanto a isso... Não consigo entender o que aconteceu e porque ela fez isso. Ela tinha um diário, não tinha? Ela tanto falava sobre ele... A Judy dizia que era confissão assinada ter um diário. Será que tinha algo escrito sobre isso tudo? Será que alguém leu algum dia?

Eu — Eu ainda não tenho certeza de que ela fez isso de propósito, sabe... Ela estava bêbada e...

Judy — Todos nós estávamos.

Johnny — Ela pulou, Adam. Jogou-se na cachoeira, o Robin viu. Não foi um acidente. Foi suicídio.

Eu — Só sei que foi uma tragédia. E a vida dela era tão...

Robin — Normal...

Judy — Isso, normal.

Johnny — Faltou coragem para enfrentar alguma coisa...

Judy — Pode ter faltado qualquer coisa, menos coragem. Precisa ter muita coragem para se jogar de lá.

Johnny — Vocês lembram que no dia anterior tínhamos ido a um boteco? Não sei por que não fomos ao meu. Resolvemos gastar dinheiro aquele dia, só pode. Mas fomos, e o Adam falou que não queria beber nada caro, por causa do meu boteco, que lá rachamos o preço de custo. Aí vimos uma parada lá no cardápio, que custava dois reais a dose e pedimos aquela merda.

Yuri — Tinha gosto de panetone.

Eu — Era horrível.

Robin — Nem a Judy, que gosta de bebida doce, gostou daquilo.

Judy — Mas que caralho, Robin.

E riu.

Judy — Só porque sou mulher? Quem disse que gosto de bebida doce?

Robin — Tem cara de que gosta, ué.

Conversamos até muito tarde, tomando um *bourbon* e sempre nos abanando, enquanto o Johnny fumava em nossas caras. Até que todos nós dormimos, no sofá da sala da casa do Johnny. Sonhei que uma voz dizia: "Qual legado você deixou? Qual legado vocês deixaram? O que vocês fizeram? O que você... O que vocês... O que... O que...". Quando acordei em um labirinto. Seguia-me aquela voz, perguntando o que eu fiz, o que eu deixei... De repente, surgiu um anjo e disse: "Venha, Adam, venha... Se apresse, temos muito trabalho pela frente neste Natal".

Não sabia nem o que responder. Fui.

7

O Anjo do Natal

Gabriel — Vocês humanos são realmente muito estranhos.

Eu — Ah, é? Achei que vocês adorassem os humanos e tivessem muita curiosidade sobre nossas vidas. Sempre ouvi dizer isso.

Gabriel — É verdade, mas convenhamos que você nem fez perguntas até agora. Vim preparado para um turbilhão.

Eu — E com essa situação toda, mais estranha impossível, você ainda espera que eu saiba o que perguntar?

Gabriel — Você está preparado? Você quer a resposta do mundo, Adam? Você quer saber por que está aqui? Por que esse mundo é assim?

Eu — Bom... Depois de tudo que já vi neste mundo, acho difícil me surpreender com as coisas...

Gabriel — Você está cada vez mais recluso, Adam... As pessoas não lhe agradam, certo? Apenas seus amigos e familiares... Você seleciona as pessoas como se fizessem parte de uma massa cruel e pronta para te explorar.

Eu — Estou errado?

Gabriel — Não.

Eu — Por que estou aqui, hein?

Gabriel — Olhe em volta... É o labirinto da sua vida... Não da vida que você tem neste mundo hoje, mas toda a sua vida. Pode lhe parecer abstrato, mas isso é real. Você vai ter cada vez mais realidade a partir de agora. Você recebeu o presente de poder ter as respostas para a vida...

Eu — E o que você espera de mim?

Disse sozinho, enquanto "mim" ecoava pelo labirinto. O anjo já não estava mais ali. Mas eu sabia, de alguma forma eu sabia, que tinha que continuar. Em um mundo louco como o nosso, em que as pessoas matam umas às outras, tiram proveito umas das outras, neste mundo canibal de exploração, na verdade, já me coloquei em um patamar que considerava de espírito forte. Ignorar as pessoas estranhas e não ser atingido por pouca coisa era um estado que levei tempo para atingir. Ele estava certo, fui muito sensível durante muito tempo ao mal que as pessoas nos fazem, até que me tornei praticamente imune a elas. Fui andando pelo labirinto. Ouvi uma voz que dizia: "Aquele livro não foi por acaso. Você fez o que ontem? Antes de ontem? O que aquilo acarretou? Você bateu asas a favor ou contra o vento? O que isso causou?".

Enfim, depois de andar bastante, cheguei a um lugar com várias portas. Não tinha para onde ir nem o que fazer, senão, escolher alguma delas. Eram 12 portas dispostas aos pares, cada duas eram iguais. Já que não tinha parâmetro nenhum, entrei na primeira. Gabriel voltou.

Gabriel — Adam, você está vendo? É você ontem neste horário... Você sabe que são duas e quinze da manhã, não sabe, Adam? Tudo está acontecendo... Exatamente como foi ontem, não, Adam? Você está dormindo.

Eu — O que você quer com isso?

Gabriel — Você vai entender, Adam, você precisa passar por isso.

Eu — Aquele livro, isso é real? Nossa vida se repete?

Gabriel — Você vai entender ao final do labirinto. Mas até lá, teremos uma viagem grande pela frente.

Saímos pela mesma porta que entramos, a segunda porta, que por sinal era igual à primeira. Entramos e eu estava me vendo em um bar. Sentado, com os dois cotovelos apoiados no balcão, bebendo um *whisky*.

Gabriel — Adam, é você, às duas e quinze da manhã de ontem também, após um bater de asas de uma borboleta, que fez com que tudo ficasse diferente do que era na primeira porta. Você vê que a borboleta são nossas escolhas, Adam? Você sabe como nossas escolhas são difíceis?! Sim você sabe! Quantas vezes anjos e humanos se arrependem do que fizeram ou do que não fizeram... Se ao menos tivessem uma chance, uma chance para pensar... Um antes mais demorado para que houvesse um depois melhor... Olha quem está ali.

Eu — A Mia! Meu Deus! A Mia, ela está... Viva! Mia!

Gabriel — Ela não te ouve, Adam, também não te vê, exceto, "o você" que está ali, sentado no bar...

Eu — Isto é real? Existe um mundo paralelo em que isto está acontecendo?

Gabriel — São escolhas, Adam. Ela fez as dela, você as suas. Cada um fez sua escolha e isso fez a vida como é. Essa é uma projeção, isto seria se muitas coisas tivessem sido diferentes.

Eu — Por que eu não estou conversando com ela? Não dei a mínima para ela, eu nem tenho ideia aí de que ela... Ela poderia...

Gabriel — Estar morta? Sim, você não tem ideia... Pois cada escolha é única, não nos dá chance de ver o que aconteceria se tivesse sido diferente. Você está tendo uma chance única, Adam, ver o todo. Enxergar o todo. Você sabe do que se trata, não sabe?

Eu — O todo. Sim, o todo. Sempre vi isso quando se trata de ciência... Temos que dar alguns passos para trás para podermos enxergar melhor. Não é isso?

Gabriel — Você está indo bem, Adam. E você sabe também que a vida é composta por pequenas partes... E que você pode juntá-las no seu quebra-cabeça, ou não. E sabe também que não é tão fácil se livrar de algumas peças que se encaixariam em seu quebra cabeça, mas as quais não são as corretas. E que peças corretas são difíceis de achar.

Eu — Sim, Gabriel, como você sabe? E como eu sei seu nome, além do mais?

Gabriel — Faz tempo que eu observo você, vocês todos. E os humanos são um tanto quanto previsíveis, você concorda?

Eu — Sim, mas creio que mais para você, Gabriel, porque para nós, fica difícil esperar determinadas reações das pessoas. O estado emocional não nos permite. Sempre estamos passando raiva. As pessoas nos deixam sempre com raiva, é impressionante. Mas sei bem que se as analisarmos com calma e com uma frieza completa, elas tornam-se extremamente previsíveis.

Gabriel — Você está aprendendo a enxergar o todo, Adam. Você é bom nisso.

Eu — Mas por que a Mia fez aquilo?

Gabriel — Eu não tenho todas as respostas... Além do mais, estou galgando um patamar acima neste Natal. Talvez em breve eu tenha mais respostas do que tenho hoje. Vim com uma missão difícil com vocês todos...

Eu — Nós todos?

Gabriel — Venha, vamos para a próxima porta...

Quando entramos pela próxima porta, voltamos para o dia em que a Mia se suicidou... Ela estava conversando com o Johnny. Ela falava para ele que não se preocupasse com ela, que ela estava bem. Ele estava preocupado porque ela havia bebido demais e estava um tanto tonta. Depois ela foi para a beira do penhasco... Sentou e ficou ali, com os olhos fechados, provavelmente sentindo o vento em seu rosto. Os cabelos escuros e compridos voando. Ela não parecia triste. Parecia pensativa. Se ninguém sabe o que aconteceu, essa cena também não diz muita coisa. Depois ela abriu os olhos e se levantou, ficou andando em volta olhando para baixo e num impulso, talvez, jogou-se.

Eu — Ela queria mesmo isso, Gabriel?

Gabriel — Se não quisesse, pelo menos naquele momento, não teria feito, não acha? Claramente vemos que não foi um acidente.

Eu — Mas, e se ela tivesse uma chance?

Gabriel — Uma chance de ver o todo? De abrir suas portas? De experimentar as peças do quebra-cabeça dela? Com certeza não teria pulado. Se vocês tivessem essa chance, fariam muitas coisas de forma diferente. Mas a vida, bem como a morte, é definitiva. Vocês têm que acertar na primeira tentativa, ou ao menos, não errar muito.

Eu — E se a Mia tivesse alguma chance?

Gabriel — Você precisa entender uma coisa, Adam. Você verá uma verdade surpreendente na próxima porta, mas não pelo lado de fora, você verá pelo lado de dentro, do Adam daquela realidade, naquela porta. Está preparado? Entre.

Entrei na porta, de repente, havia voltado para aquela festa. Vi a Mia, pensei... Esta é minha chance... Vou salvar a Mia. Grudei nela. Perguntei se estava tudo bem. Ela disse que estava, falou que iria dar uma volta ao redor da cachoeira. Falei que iria com ela, ela não queria, fui mesmo assim.

Eu — Mia, você não parece muito feliz.

Mia — Sim, eu estou feliz. Na verdade felicidade é uma coisa tão abstrata... Não posso dizer que sou feliz, mas posso dizer que estou. Nunca sabemos o dia de amanhã. Tenho tanto medo do amanhã, Adam, você não tem?

Eu — Todos nós temos.

Mia — Às vezes tenho tantas dúvidas se o problema sou eu ou as pessoas. Estou cada vez mais reclusa, Adam.

E ela sentou e fechou os olhos, respirou fundo.

Eu — Eu também, Mia, mas isso é normal. Tudo isso é normal e passa. Você não precisa conviver com as pessoas.

Antes que eu pudesse parar de falar, a Mia havia pulado penhasco a baixo. Não consegui impedir. Quando percebi, já estava novamente fora daquela porta e o Gabriel olhando para mim.

Gabriel — Você recebeu a primeira verdade divina, que é preciso ver o todo. Você percebeu a segunda, Adam?

Eu — Que a vida é uma merda? Cansei disso, Gabriel. O que você quer com isso, para onde você está me levando através destas portas que não dão em lugar algum?

Gabriel — Eu sabia que esta porta seria difícil... Mas você precisa entender que não conseguirá mudar uma pessoa. Você pode tentar, pode ajudar, mas a pessoa muda de atitude apenas quando ela quer, não basta você querer... O mundo está interligado e não basta sua força de vontade para movê-lo da forma como você quer.

Vamos para o terceiro conjunto de portas, isso vai ficar mais claro, assim como mais uma verdade divina da vida.

Com muito desgosto, já nem querendo ver o que viria pela frente, entrei na quinta porta, a primeira do terceiro conjunto de portas. Lá estava a Mia.

Gabriel — Adam, você sabe em que ano estamos? São exatamente cinco anos após a morte da Mia.

Eu — Nossa, mas... Parece que ela tem uma família.

Gabriel — Sim, ela está casada e tem gêmeos.

Eu — E parece muito feliz.

Gabriel — A Mia está muito feliz. Pena que ela não fez esta escolha, que começou naquele dia que ela pulou. Depois daquilo, foi impossível acertar as coisas dessa forma, você sabe, Adam que a morte é irreversível. Mas a verdade não, a verdade fica escondida, bem escondida. Quando você dá alguns passos para trás e sabe que não pode mudar as atitudes alheias, talvez conduzir, mas não mudar, você percebe a verdade tal como ela é e não tal como você queria que fosse. Esse é o erro das pessoas, Adam, elas enxergam o que elas gostam, não tal como é. E tomam esta verdade por imutável, definitiva. Não, ela não é.

Por um momento a Mia foi até a sacada, olhou para baixo, abriu um sorriso e voltou. Como se soubesse que tudo poderia ter sido diferente do que é hoje para ela, para aquela Mia. Então perguntei...

Eu — Ela sabe, Gabriel?

Gabriel — Não, ela não sabe. Mas todos vocês humanos são caixinhas de surpresas... Provavelmente ela sente, sente que tudo poderia ter sido diferente. E que ela fez as escolhas certas.

Eu — Vamos para a próxima porta?

Gabriel — Sim. Achei que você estava se sentindo incomodado com essas verdades todas, pelo jeito, está começando a ficar fascinado.

Na próxima porta deste terceiro conjunto, havia uma casa triste e vazia. Um homem deitado no sofá, bebendo cerveja e assistindo futebol.

Eu — Erramos a porta, Gabriel? Não vai dizer que esse seria eu se tivesse escolhido entrar no óvulo de minha mãe 5 segundos depois?

E rimos.

Gabriel — Você não o reconhece? Este é o marido da Mia. Solteiro, depois do suicídio dela. Eles nem chegaram a se conhecer. Ele está aí, vivendo o melhor que pode, sente um vazio e não sabe o motivo, mas não desistiu da vida. Fez o que era nobre, certo? Nesse caso, as escolhas da Mia afetaram a vida dele... Triste, não é? Você vai ficar um pouco nesta vida, Adam.

Eu — Mas eu não quero. Gabriel? Gabriel?

"Fiadaputa" — sussurrei, quando ouvi a Judy perguntando o que disse.

Eu — Nada, só pensando aqui nas coisas.

Judy — Ainda aquilo, Adam? Ainda a morte da Mia? Faz meses que só pensamos nisso.

Eu — Eu acho que deveríamos ir à casa dela. Achar aquele diário, sabe Judy... Ter certeza do que é o que nesta história.

Judy — Vou ligar para a Jenny.

Fomos até a casa da Mia. Quando chegamos, estava montada a árvore de Natal e a casa toda decorada para o Natal.

Jenny — Meus pais, eles resolveram decorar para o Natal mesmo sem a Mia aqui, pois acreditam que tudo é como Deus quer. Mas não, eu não acredito. Deus nunca aceitaria ou faria cumprir um destino de suicídio. Espero que ela tenha encontrado seu caminho. Mas que diabo essa menina foi fazer?!

Judy — Então... Ninguém sabe... Na verdade nem sei o que dizer sobre isso...

Jenny — O quarto dela, aqui... Está tudo exatamente como ela deixou. Foi limpo várias vezes depois, mas nada está fora do lugar.

Eu — E o diário dela?

Jenny — Ela queimou. Como se já soubesse o que iria fazer e não quisesse deixar vestígios. Ficou apenas isto escrito no espelho... Ela escreveu com o lápis de olhos, antes de sair aquele dia.

"Não me sinto parte. À parte, deste mundo."

Eu — Que pena, quem sabe no futuro ela encontrasse o lugar dela.

Jenny — Acho que não, a Mia não foi feita para este mundo.

Judy — Bom, pelo menos espero que ela tenha encontrado o lugar dela em outro mundo.

Abraçamos a Jenny e eu e a Judy fomos embora.

Foi quando Robin me ligou e disse que "aquele puto do Johnny lançou o livro" e era para irmos ao bar dele.

Chegando, estávamos comemorando a proposta que ele havia recebido de uma editora. Não era nada demais, financeiramente. Mas ele havia deixado sua imortalidade e suas ideias perpetuarem e viajarem infinitamente dentro de outras cabeças e isso tudo era magnífico!

No bar estava tocando uma banda meio celta. Os caras eram muito bons, a banda realmente muito grande, com vários instrumentos, bandolim, violino, banjo, bateria, gaita de foles e alguns outros que eu nunca havia visto. A Judy estava realmente muito animada e feliz com a publicação do Johnny.

Judy — Eu disse, Johnny! Eu sabia que seria um sucesso.

Johnny — Você está bêbada. Disse que a pessoa morreria de apneia lendo, lembra?

Robin — A Judy é muito pedante.

Yuri — A gente tinha que ir para a Irlanda, não? Lá deve ter vários bares e bandas assim...

Quando me dei conta, estávamos todos bêbados, abraçados, cantando juntos... Como um bando de irlandeses loucos e livres.

Foi quando vi Gabriel novamente.

Gabriel — Vai, entra pela próxima porta.

Entrei e vi luzes carregadas, fortes. Um prédio com janelas e mais janelas. Em cada janela, dava para ver vida dentro. Pessoas, famílias, apartamentos vazios, mas que mostravam a alma dos moradores. Afinal, uma janela diz muito sobre quem mora lá. Apareceu andando na rua a mesma senhora a qual fui coletar sangue um dia e me disse que o brilho dos olhos é cego. Fiquei em dúvida se ela existia ali ou se era uma projeção daquela senhora. Ela passou por mim e disse: "Filho, você sabe o que é *psicodelia*? Ela vai lhe ajudar a cruzar este caminho do labirinto".

Depois, como num sonho, passou um cara tocando um saxofone, um blues bem animado, com uma pegada forte. O cara era um daqueles negros felizes, típicos do blues, que cantam rindo da tristeza. Aquelas adoráveis pessoas que só encontramos no blues. Ele olhou para mim e disse: "*Psicodelia*? É cara... Essa é a chave, tá tudo aqui... na cabeça" e gargalhou feliz.

Depois ele disse: "O show tem que continuar. Não pare".

Saiu um velhinho na janela de um dos apartamentos, gritando: "Os gregos, Adam, eles têm a resposta".

E notei que embaixo do prédio havia uma biblioteca que se chamava Athenas. Como num sonho maluco, não sabia se não havia visto ou se ela estava ali desde sempre. Entrei. Não havia ninguém. Peguei um livro qualquer. Na capa estava escrito: "Teorema da Vida". Abri em qualquer página e estava lá: "Psicodelia: Proveniente do grego, composto pelas palavras *psique* (alma) e *delein* (manifestação).". Realmente, os gregos tinham a resposta. Uma manifestação da minha alma. Aquilo tudo era uma manifestação da minha alma. Uma manifestação da mente produzindo efeitos conscientes a partir de efeitos subconscientes. A parada era comigo mesmo. Não se tratava da Mia, nem da vida, nem dos outros, era comigo. E esse era o medo mais difícil de enfrentar, o de mim mesmo.

Uma senhora saiu de outra janela, gritando: "Sempre temos medo de nossas escolhas, Adam. Eu mesma, tenho tanto medo de fazer a escolha errada que decidi não fazer mais nada. Não sair mais de casa, Adam!" Então um senhorzinho saiu da portinha do prédio que ficava ao lado da livraria, a qual quando aberta, só dava para ver dentro muitas escadas. Apresentou-se como Diabo.

Diabo — Sou Lúcifer, amigo. Aquele anjo que caiu e tudo mais que você sabe.

Eu — Mas, o que você quer comigo?

Diabo — Nada. Você está conhecendo a verdade e eu faço parte dela. Apenas isso. Você conheceu o Gabriel, agora está me conhecendo. A psicodelia é a verdade, isso você já sabe... A psicodelia faz parte da vida das pessoas. As pessoas acreditam no que querem, são psicodelias de suas almas para terem conforto para o que precisam. O mundo é competitivo, as pessoas são cruéis, nada é justo e não faz parte da personalidade humana ser conivente e viver em harmonia. Por isso eu caí, Adam. Porque eu era como você, como vocês, humanos. Tenho espírito humano. Isso me fez cair. Você conhece seu demônio? Você já conversou com o demônio do seu subconsciente? Cada um tem um demônio dentro de si. Vocês se esforçam. Deixá-lo-íeis adormecidos para não ouvirem seus demônios. Às vezes eles fazem escolhas por vocês. A Mia... A Mia ouviu seu demônio interior. Vocês chamam de força de espírito quando conseguem fazer o demônio adormecer, mas ele continua a existir. Está dentro de você. Você tem medo de suas escolhas, Adam, eu sei, você tem medo de você mesmo e de acordar seu demônio interior. Mas vai, segue teu caminho, entra pela tua próxima porta, a porta da Grécia antiga. Vai. Vai ver que também são parecidos contigo. O Gabriel é melhor, ele consegue dar respostas, nós apenas conseguimos clarear o que já está dentro de você, estamos todos na sua cabeça.

Entrei pela porta que mais parecia um portal, a porta da Grécia Antiga. Veio uma mulher receber a mim, ela parecia muito bem resolvida. Andava com a cabeça erguida, bem como as costas. Parecia de meia idade e muito vaidosa e bem arrumada. Apresentou-se como Psique.

Psique — Você sabe quem eu sou e o que represento. Eu sou a personificação da alma. As desgraças purificam, mas não pense que é só isso. Acho uma visão muito católica do mundo atual, essa visão de que o sofrimento enobrece. Não é bonito sofrer, esta é uma verdade que você precisa saber. A nobreza da alma vem pelo aprendizado, por fazer o bem a todos, incondicionalmente, inclusive a você mesmo, o que já é uma visão mais oriental. A evolução está dentro de você, não dentro do sofrimento para aprender, essa não é a única forma de evoluir. Nenhuma religião está certa, Adam. Apenas a que está na sua mente. As paixões também purificam. As experiências todas, no conjunto, purificam. O importante é fazer as escolhas certas e tirar proveito do aprendizado delas. Olhe minhas asas de borboleta. Eu as bato, muda tudo do outro lado do mundo e volta para mim, de alguma forma. Transmito o que quero que volte, Adam. Rastejei, sofri, fui feliz também. Fui purificada com tudo isso. Hoje tenho estas lindas asas de borboleta. Fui vítima da minha sogra, Afrodite, que quis que Eros me matasse. Pura inveja. A inveja destrói as pessoas. Hoje estou feliz, Adam, mas fui vítima de muita inveja. De muito mal. Hoje consigo mudar meu destino, mas aprendi a abrir bem meus olhos antes de bater minhas asas. Ver as coisas tal como são, não como eu gostaria. Agora vai, segue teu caminho, vai até Delos. É logo do outro lado.

E eu segui meu caminho. Andei até a beira do mar, onde um homem idoso me disse: "Venha, filho, entre no barco que temos pouco tempo, vamos para Delos". Entrei no barco, pequeno, aparentemente velho. Pensei como ele conseguiria atravessar até a ilha de Delos naquele barco pequeno. Durante o tempo que pensei nisso, já havíamos chegado do outro lado.

Eu — Como chegamos tão rápido? O caminho era tão longo...

Homem — Percorremos todo o caminho. O tempo é relativo. Duração relativa das coisas. Você recorda? Quando era criança, na aula de português, você com o dicionário na mão lendo a definição de tempo? Você repetiu consigo: "Duração relativa das coisas...". Pensou consigo se o tempo passava para todos da mesma forma. Não, não passa da mesma forma para todos, assim como não passa da mesma forma em todos os lugares. Estamos em uma projeção. Aqui o tempo é o tempo que queremos, você escolheu isto. Mas, chegamos em Delos. Tenho mais pessoas para buscar do outro lado.

E eu desci do barco. Caminhei até o Terraço dos Leões, não sabia como, mas sabia que era o Terraço dos Leões. Nunca havia estado em Delos. Uma das estátuas de leão virou para mim, na mesma forma de estátua de mármore, e disse: "Tudo tende ao caos, Adam". Eu não consegui nem ao menos responder, não conseguia entender como aquilo tudo era possível, se era um sonho, uma viagem astral...

Uma viagem astral, talvez fosse isso. Eu lembrei que estava dormindo na casa do Johnny quando esta loucura toda começou. Então talvez eu tivesse saído do meu corpo e agora estava em Delos, ou talvez fosse apenas um sonho louco, ou talvez tenha sido uma oportunidade de Natal... Bem, pouco importa agora.

Leão — Sim, Adam, pouco importa agora. Tudo é dinâmico e instável. Tudo é sensível à condição inicial. Tudo é imprevisível.

Eu — Teoria do Caos?

Leão — Sim, isso rege a vida. E você percebe, Adam, que por mais que você mude, as pessoas não mudam se elas não quiserem? Você tentou ajudar a Mia e não conseguiu. Não basta o que você faz, o mundo está interligado. O que você faz é uma peça no quebra-cabeça todo. Isso se chama Caos Determinístico. É uma das supremas verdades da vida. Há uma grande interação entre todos, por isso o resultado é aleatório. O que lhe digo é: Escolha bem a sua peça, molde-a bem. O resto é aleatório.

E aquele leão tomou novamente a forma fixa de estátua, e outra estátua de leão saiu de sua forma inanimada, começou a andar em círculos em volta de mim.

Leão — Você tem medo de seu leão interior? O que o Diabo falou é verdade, todos vocês têm um leão interior. Um demônio interior. O quanto você se esforça, Adam, para deixá-lo adormecido? Tudo está na sua mente. Eu, o labirinto, tudo. Todos nós somos você, Adam. Você nos criou. Tudo está na sua mente. Você não tem medo do que ela é capaz? A sanidade mental é tudo o que você tem, Adam. Não a perca, não se perca. Mas você pode usar disso, Adam, você já usa sua mente. Você sabe disso... Aprenda a usar mais sua mente, Adam.

E eu fui parar diretamente em uma cena do passado cotidiano, na época em que eu trabalhava em um laboratório de um hospital filantrópico.

Não acreditei que eu estava naquele inferno novamente. Sem dúvida alguma, foi a época mais estressante da minha vida. Trabalhava como condenado, em regime de semiescravidão. O chefe era um infeliz, que, como era péssimo na área e pior ainda como gestor, tinha a capacidade, como muitas outras pessoas infelizes, de tentar reduzir ao máximo a autoestima dos funcionários. Era realmente a pessoa perdida em algum lugar qualquer e ninguém sabe como, nem porque, nem o que está fazendo lá. Em algum momento, este chefe teve a audácia de vir reclamar da bagunça que estava no setor, sendo que eu estava sozinho no setor como responsável, com menos da metade dos funcionários que eu deveria ter em um plantão corrido como aquele. O número estipulado de funcionários já era insuficiente, além disso, mais da metade deles pediu a conta por não aguentar aquela situação caótica. Aí, o infeliz veio reclamar do serviço de todos. Trabalhei minha mente como nunca. Fiquei sorrindo o tempo todo, pensando muitas coisas, sem falar nada. Imaginei-o perdido, gritando com todos lá de cima, ninguém ouvindo. Passando um funcionário e perguntando quem é aquele louco perdido lá em cima. Quando ele terminou de falar pensei, como se estivesse respondendo a ele: "Foda-se".

Voltando para a cena de onde parti, o leão já estava em sua forma inanimada novamente. Senti-me bem com aquilo tudo, como se eu fosse uma pessoa psicologicamente forte. Realmente, tudo o que temos é nossa sanidade mental, temos que usar dela às vezes para não a perdermos. Temos que saber conduzir o jogo. Não tenho todas as peças, mas com a minha faço o que quiser e como quiser. Trabalhar é uma coisa realmente complicada. Um mundo canibal. É difícil encontrar pessoas que não sugam nossa mente e energia. É difícil nos tornarmos imune a isso. Mas a grande vantagem é que o infeliz que está à nossa frente nunca saberá nossos pensamentos. Logo percebi que havia olhos por toda parte, olhos me vendo, o tempo todo. Foi quando surgiu o Anjo Gabriel novamente.

Gabriel — Está gostando da viagem, Adam?

Não respondi.

Gabriel — Estes olhos querem saber como você age quando está sendo observado e como age quando ninguém está vendo. Eles estavam escondidos observando você. Agora você sabe que está sendo visto. Mas não se preocupe, você ainda tem seus pensamentos, esses são apenas seus. Vamos andando. O general da Liga de Delos espera por você.

General — Estamos esperando o ataque persa. Estamos sempre esperando. Todos nós morremos, mas continuamos à espera. Não conseguimos fugir disso. Está vendo aqueles soldados? Olhe como a formação deles é perfeita! Veja como marcham iguais. Tenho tanto orgulho deles. Dão suas vidas para proteger Delos do ataque persa. Todo este molde, não é lindo, Adam? O molde de todos eles é o mesmo. Isso não é lindo? Conseguimos a disciplina de todos eles, a fidelidade de todos eles, moldamos suas mentes e suas vidas. Agora eles fazem fila. Estão mortos, mas não conseguem fugir de seus moldes. Ainda fazem fila.

Quando vi, Gabriel tinha ido embora e o general também. O exército continuava em fila. Ninguém da formação se movia. Mas passava alguém à frente, com uma longa capa preta que cobria desde a cabeça até os pés, a pessoa estava de costas. Ouvi uma voz de homem: "Adam, vamos?". Segui-o, quando ele virou para mim, percebi que usava uma máscara preta que cobria todo o rosto. Apresentou-se como a morte, dizendo que não precisava ter medo e que não era a minha hora.

Morte — Adam, cada um tem a sua hora. Ninguém passará despercebido por mim, cada um nasce marcado já. Eu não sou digno de ódio como as pessoas pensam. Todos precisam morrer algum dia, imagine só, como seria o mundo sem a evolução da espécie? Ou você acha que há alguma outra forma deste mundo evoluir sem ir retirando os seres e colocando novos? Vocês também precisam evoluir, é um ciclo... O mundo precisa que vocês saiam e que entre novos seres. Vocês precisam sair daqui.

Eu — E para onde vamos?

Morte — Esse é o mistério pelo qual há uma razão para você não saber. Mas posso dizer-lhe que tem muitos mundos, pelos quais vocês todos vão passar. Quem sabe este já não tenha sido o primeiro mundo. Talvez não tenha sido aqui que você surgiu. Há um propósito para quase tudo, Adam, para o que não há, suas escolhas fazem o propósito.

Eu — E por que alguns antes? Alguns tão cedo?

Morte — A Mia fez o destino dela. Chamou-me antes da hora dela. É só o chamado que quebra esta regra. Além disso, cada um tem sua hora.

Eu — E os outros? Crianças doentes?

Morte — Vão todos em suas horas. Eles têm propósitos aqui. Como você, como qualquer um. Quando cumprem esses propósitos, tenho de recolhê-los. Quando a morte prematura deles é o propósito, os recolho também. Você já pensou sobre o propósito da vida?

Eu — Já, mas nunca cheguei à conclusão alguma. Não consigo entender um mundo cruel onde as pessoas não têm chances, onde pessoas morrem.

Morte — Porque vocês se apegaram demais a este mundo. Não conseguem se desvincular dele. Ele não é o final, é o caminho. Entende, Adam? Eu faço a travessia. Você está me vendo com um machado? Não. Eu não sou como me representam. Eu tenho, na verdade, um barco. Eu faço a travessia com vocês. Isso não é uma coisa ruim. Às vezes o propósito da vida é mesmo este: Amar apesar de, além de, mesmo que. Às vezes as piores coisas acontecem para que vocês humanos aprendam e mostrem que conseguem, mesmo com as piores tragédias, não matar uns aos outros, nem a si mesmos, a humanidade precisa de amor. Além de outros mais, todos têm esse propósito. Algumas vezes esse propósito vem de forma mais cruel do que outras. Mas é o que vocês precisam aprender.

Eu — Mas este mundo é muito cruel, competitivo, as pessoas realmente são más, assim fica difícil qualquer propósito. As pessoas são corrompidas porque estão cansadas de passar por coisas ruins, tempos difíceis e para algumas delas, coisas boas nunca chegam. Acho esses propósitos perda de tempo quando se trata de um mundo cruel que induz as pessoas ao canibalismo.

Morte — Você não está enxergando o todo, Adam, lembre-se de dar uns passos para trás sempre que não vir o todo.

Eu — Quem é você realmente?

Morte — Um anjo. Como o Gabriel, mas com outra missão. Eu não sou um anjo caído, por sinal. Tenho uma missão difícil e trabalho incessantemente. Estou em todos os lugares ao mesmo tempo. Estou aqui conversando com você, mas estou fazendo a travessia de várias pessoas, animais e plantas. Estou conversando com várias pessoas. Todos vocês sempre têm as mesmas dúvidas. Mas como disse, não chegou sua hora, por isso você não terá todas as respostas.

Eu — E por que você nunca apareceu para dar um conforto às pessoas que ficam?

Morte — Porque o meu negócio é com quem vai, não com quem fica. E mesmo assim, não existe consolo para a morte. Você deveria saber isso melhor do que eu... Vocês tentam o consolo, mas nunca o terão completamente. Fico triste até, quando lembro que não há consolo. Mas meu trabalho é tanto... Veja esses soldados todos, eles não querem fazer a travessia. Quem não quer fazer a travessia, não faz. Não posso obrigar. Mas fica aí vagando. Não tenho ideia do grau de consciência deles sobre a morte, não consigo saber o que passa na cabeça de vocês e não sei se eles sabem que estão mortos.

Eu — Creio que não. Ficam em formação esperando uma guerra que acabou muitos anos antes de Cristo.

Morte — Sim, mas eles não me ouvem. Sempre acharam glorioso matar para defender a pátria, glorioso morrer por ela. E sabe o que acontece hoje e desde sempre? O ataque acontece porque mentem para essas cabeças, já cheias de mentiras, que é para defender a pátria. Ninguém diz que vai atacar por dinheiro, por negócios, mas sim para defender. Inventam, e eles acreditam. Acham suas atitudes nobres, sequer questionam. Depois ficam loucos. Morrem. Nem ao menos sabem que morreram. É justo uma pessoa saber sobre a própria morte, você não acha?

Eu — Sim. Acho uma coisa tão antiquada estas guerras todas. Parece uma coisa tão antiga... Parece que as pessoas deveriam ter acordado, percebido já.

Morte — Vocês precisam dar um fim nisso. Enquanto vocês não aprenderem, coisas ruins não vão parar de acontecer. Alguns propósitos são coletivos, este é um deles, a evolução. Por isso a morte. Consegue entender? Mas infelizmente você é só uma peça, não tem todo o quebra-cabeça. Eu surgi porque vocês foram egoístas e invejosos. Vocês queriam mais do que podiam ter, sendo que já tinham tudo. Surgi então, para ajudá-los. Infelizmente ninguém pode saber sobre o meu propósito exato, você teve sorte, Adam. Só vê a morte quem morre e você está vivo e me vendo. Vocês humanos inventaram até uma matéria para me estudar, tanatologia, não é mesmo? Aprender a morrer é um ponto de vista interessante, bem como uma morte digna. Isso é importante, era preciso isso mesmo, Adam.

Eu — Sim, inclusive já conheci alguns destes estudiosos. São pessoas que aceitam suas mortes de forma melhor do que as outras pessoas, são pessoas interessantes, vivem o dia de hoje, não guardam as taças de cristal para o Natal, usam-nas no dia a dia. Morrem de forma melhor, mas vivem de forma melhor também.

Morte — Você foi direto ao ponto. Ninguém nunca aceitará a morte, mas tem quem consiga aprender a encarar a própria morte. Alguns conseguem ficar face a face comigo. Estas pessoas, que trabalham com a morte de outras pessoas, acabam encarando suas próprias mortes antes.

Eu — O que houve com a Mia?

Morte — Ela ficou frente a frente comigo. Não pensou nas consequências nem no depois. Ela teve uma vontade irresistível de pular. Ela sentiu um alívio por atender ao seu mais profundo desejo quando olhou para baixo.

Eu — E agora?

Morte — Agora ela está tendo as consequências. Todos precisam aprender coisas, ela está aprendendo o que ela precisa aprender.

Eu — Está sofrendo?

Morte — Todos sofrem. A diferença é que alguns mais, outros menos.

Eu — Onde ela está?

Morte — Em outro labirinto. O labirinto dela. É bastante diferente do seu.

Eu — Mas... Ela vai encontrar o caminho dela?

Morte — Todos que querem e se esforçam encontram. Ela precisa abrir as portas dela. Ela vai ver coisas as quais a farão sofrer, coisas as quais ela não deseja ver. Verá o que aconteceria com a vida dela se ela tivesse feito outras escolhas. Ela precisa entender. Precisa ver. Mas ela não quer ver. Enquanto isso ela fica sentada no corredor vendo as portas fechadas, até ter coragem para abrir. Não há outro caminho, o labirinto é apenas para frente, não se pode voltar, enquanto ela não seguir, ficará no corredor. Todas as religiões diferem em várias coisas, mas em uma delas todas são unânimes...

Eu — O repúdio ao suicídio...

Morte — Sim. Particularmente fico encantado com as etnias que fazem festas aos mortos, parece que eles entendem a necessidade da minha função. Alguns de vocês têm a bênção de ter sinais que mostram que eu apenas faço uma passagem... Outros não.

Eu — Começou a chover.

Morte — Não posso sentir a chuva, para mim, não faz diferença.

Eu — Eu amo a chuva. As pessoas em geral ficam irritadas em dias nublados ou chuvosos, ou ficam tristes... Sempre fiquei feliz com a chuva, nunca achei triste... Não entendo como algumas pessoas podem achar a chuva triste... Talvez a achem melancólica... que é a tristeza com beleza... Ainda assim não entendo...

Morte — Quando você nasceu chovia...

Eu — Você estava lá?

Morte — Sempre estou com vocês todos, desde seus nascimentos. Vocês começam a morrer quando nascem. Não é um processo imediato, entende? Tudo tende ao caos, tudo tende à morte. Sabe, Adam, estamos na Grécia e aqui é um lugar bem apropriado para você saber de algumas coisas... O Caos tem uma filha chamada Nix, Nix é a noite. A noite é outra amiga sua, não é? Você adora chuva, frio e noite, não é verdade? A Nix tem um filho, que se chama Thánatos, ou Tânato, como preferir. Isso lembra alguma coisa? Estávamos falando sobre Tanatologia... Ele é a personificação da morte. Ele tem o coração de ferro. É um dos meus assessores. Algumas pessoas o cultuam, essas pessoas têm um impulso para destruição de tudo... Há quem se sinta bem destruindo tudo, Adam. Mas vamos, precisamos atravessar, vamos entrar no barco. Olhe estes soldados, Adam. Eles são controlados, suas mentes são controladas por outras pessoas. Eles não possuem vontades próprias, suas neuroses estão tão reprimidas que eles tendem a explodir. Deixe-os. Se um dia acordarem, farão a travessia. Enquanto isso, que continuem a esperar o que nunca virá.

E então chegamos ao barco. Pensei por algum momento se iria fazer a tal travessia, se havia morrido.

Lembrei o que a Morte disse, sobre a minha hora, ela não havia chegado. Fiquei mais tranquilo.

Eu — Se a morte não é ruim, por que quase todas as pessoas têm medo de morrer?

Morte — Não sei. Talvez, alguma das loucuras que vocês criam em suas cabeças e saem divulgando tenha virado uma fobia social.

Eu — Já chegamos?

Morte — Sim. O tempo é relativo, lembra? E eu tenho que ir, Adam. Espero que você não fique com medo quando nos encontrarmos novamente.

Realmente eu não sei como, mas não fiquei com medo da Morte. Encarei minha morte de frente, em vida. Estava tranquilo quanto à ela. Pensava na Mia, se ela faria a travessia em breve, se encontraria seu caminho. Quando me dei conta, uma onda gigante estava crescendo. Corri, corri... Corri muito... Estava a correr quando ouvi vozes ecoando não sei de onde.

— Você tem medo da onda gigante, Adam? Você sempre acordou quando a onda estava derrubando você.

E agora? Vai ter que correr... Você não está dormindo, Adam, não vai acordar simplesmente e ficar tudo bem.

A onda parecia cada vez maior, subindo, para provavelmente depois vir. Eu havia chegado ao final da praia, comecei a escalar o morro de pedras e areia em uma tentativa de fugir daquilo tudo. As vozes continuavam...

— Você tem medo, Adam? Qual seu maior medo? A onda gigante? Morrer? Morrer sozinho? Então corra! O que lhe resta é correr. Você não tem medo de suas obsessões, Adam. Corra sem parar. Corra. Dê vazão à sua obsessão por medo. Você tem medo da onda, por isso corre. Você corre sem parar, mas não tem medo disso. Isso é obsessivo, Adam!

Foi quando ouvi uma voz outra voz:

— Mas que merda você está fazendo, Adam. A Morte já não disse que não chegou sua hora? Pare de se meter em confusão por um instante e venha!

Olhei para cima, de onde a voz viria. Não acreditei quando vi um astronauta voando em uma pena. Nunca vi cena igual na minha vida, ainda mais falando que eu estava me metendo em confusões. E um astronauta voando em uma pena só pode ser confusão da braba. Dei a mão — não aguentava mais correr mesmo — e subi na pena gigante.

Eu — Desculpe a pergunta, mas que porra é essa?

Astronauta — Está vendo? Veja só a aerodinâmica desta pena gigante. E tem países por aí achando que estão muito bem desenvolvidos no quesito engenharia aeroespacial.

Eu — Isso é melhor do que um foguete espacial? Ou do que, sei lá o que eles usam...

Astronauta — Estou achando muito melhor. Na verdade é a primeira vez que testo. E vim em boa hora, não?

Eu — Com certeza, aquela onda gigante estava se preparando para me derrubar.

Astronauta — Que bom. Pode me chamar de Astronauta. As pessoas acabam virando suas profissões. Não lembro o que eu era antes de ser astronauta, tenho certeza de que fui alguma coisa, mas não consigo me recordar...

Eu — Eu sou o Adam, mas acho que como todos que encontrei por aqui, você já deve saber o meu nome. Sou farmacêutico, com formação generalista, tenho a bioquímica também, sabe? Trabalho com isso na verdade. Tenho um laboratório.

Astronauta — Mas você ainda recorda que é o Adam.

Eu — Você não consegue lembrar nada além de que é um astronauta?

Astronauta — Não. Tenho certeza de que tenho uma vida, talvez até família. Já pensou, Adam, eu tendo uma família? Mas não sei para onde ir para encontrá-los. Se ao menos eu tivesse certeza de que existem. Uma vez eu fiquei sabendo sobre um cara, que queria ganhar muito dinheiro e ele ganhou muito, muito dinheiro, mas levou tanto tempo para isso, que acabou esquecendo que tinha família. Acabou esquecendo seu nome e todo o resto. Ficou ele com seu monte de dinheiro, mas ele já não tinha mais o que fazer com o dinheiro... Mas eu não tenho muito dinheiro, Adam. Acho que passei tanto tempo trabalhando que esqueci de todo o resto; agora só me resta trabalhar cada vez mais.

Eu — Seus olhos mudaram de cor ou é impressão minha?

Astronauta — Sim, mudaram de cor. Acho que fiquei triste em lembrar que posso ter uma família e não lembro dela. Meus olhos mudam de cor quando mudo de humor, talvez isso tenha começado quando comecei a trabalhar demais e já não tinha tempo mais para saber se estava feliz, triste, cansado ou o que. Agora, sem olhar no espelho, já não sei nem isso mais. Só me resta continuar trabalhando cada vez mais. Mas, Adam, veja esta pena. Você sabia que eu estava inventando espaçonaves mirabolantes? Foi quando dei alguns passos para trás para enxergar o todo e percebi a eficiência do mais simples.

Eu — Sempre falo sobre a dificuldade que as pessoas têm em enxergar o que é simples, em ver o todo.

Astronauta — O mundo está modernizado o suficiente para as pessoas terem preguiça de pensar. Tudo está cada vez mais virtual.

Eu — E as pessoas cada vez mais estúpidas.

Astronauta — Sabe, Adam, tenho 538 anos de idade. Percebi que as pessoas sempre foram estúpidas, ao menos a maioria. Mas percebi que isso só fica mais aparente com a virtualização de tudo. Enfim, chegamos. Você fica por aqui, Adam, preciso voltar à base. Aqui você estará bem, entre muitas pessoas normais.

Despedi-me do Astronauta, realmente foi uma ótima viagem e uma das pessoas mais legais que conheci aqui. Estava começando a curtir a viagem e nada como um astronauta voando em uma pena para animar um pouco a vida. Cheguei a um lugar muito estranho. Parecia feito de massinha de modelar; havia um grande portal, escrito em cima: "Mundo real. Vida normal. Aqui mora a grande massa".

Mas que diabo era aquilo — pensei. Tudo era marrom, as casas, as ruas... Lembrei-me de quando eu era pequeno, quando brincava com massinha de modelar, e na tentativa de formar lindas cores, misturava tudo e sempre ficava marrom. Mas, na verdade, odeio cinza. Nosso mundo é cinza. Basta sair na sacada, janela, ou pela porta mesmo para perceber o quão cinza é nosso mundo. Marrom estava de bom tamanho. A rua tinha casas dos dois lados; a primeira de cada lado era pequena, a segunda era maior do que a primeira, a terceira maior do que a segunda, assim ia crescendo o tamanho das casas em progressão aritmética até que dava para ver os primeiros prédios surgindo, seguidos sempre por prédios maiores. Dava a impressão que uma pessoa construiu sua casa e o vizinho chegou depois e fez questão de construir uma maior.

De repente, vi todas as portas abrirem-se quase ao mesmo tempo, e saírem homens e mulheres, de massinha. Todos quase ao mesmo tempo. Eles davam bom dia uns aos outros. Eram todos iguais. Ao contrário dos outros lugares, ninguém veio falar comigo, tive que andar sozinho para descobrir o que se passava. E desconfiei que isso tudo fosse uma projeção do nosso mundo. Aqui mora a grande massa... Todos iguais, saídos da mesma fôrma. As mulheres iguais, correndo, saindo de casa reclamando de ter que cuidar dos filhos e trabalhar. Os homens saindo com as maletas de massinha nas mãos. As crianças com cara de que não sabiam direito o motivo de fazerem as mesmas coisas todos os dias... Um construindo uma casa maior do que a do outro, claramente por uma comparação imbecil. O padrão é ter mais do que o vizinho de porta. Passei na rua de trás e descobri que as casas são apenas painéis, não tem nada atrás das paredes da frente das casas, são de fachada. Apenas homens e mulheres de massinha, a grande massa, todos saídos dos mesmos moldes, cada um com sua casa melhor do que a do vizinho que chegou antes, de fachada.

Depois passei por uma grande empresa, que havia apenas o nome "Grande Empresa" na frente. Creio que não fazia diferença o que acontecia ali, apenas consegui ver muitas pessoas trabalhando, através da parede de vidro. Parecia até de forma bem clara que alguns homens de massinha, do mesmo molde que os outros, exploravam a grande massa. Os outros deveriam pensar consigo: "Ele é do mesmo molde que o meu e a casa dele é tão de fachada quanto a minha". Os carros eram também sempre aparentemente melhores do que as fachadas das casas e prédios. Um mundo como o nosso, onde tudo é de mentira e a grande massa se esmera e se sacrifica diariamente para manter as aparências. Ao final do dia, pelo jeito, a grande massa cansou. Levantaram bandeiras e gritavam nas ruas. Não entendi o que eles queriam, animei-me profundamente, gostaria de gritar junto, são tantas as coisas erradas aqui! Gostaria realmente de mudar muitas coisas e tinha várias ideias decisivas para isso, mas a grande massa, aquela que age com a mesma hipocrisia do vizinho e de todos os dias, desta vez, não estava falando a mesma língua. Cada um requisitava uma coisa, cada um falava de alguma coisa, ninguém sabia o verdadeiro motivo de estar ali. Eles não estavam contentes, isso poderia ser o primeiro passo; organizar-se-iam, se soubessem como. Cheguei à conclusão de que algumas massas, como o exército da Liga de Delos, são tão organizadas a ponto de pensarem com a cabeça de quem comanda. Já outras, são tão desorganizadas a ponto de não conseguirem pensar nem um mínimo coletivamente. De qualquer forma, a massa, que seria a união para a solução e melhorias, acaba sendo desde um perigo iminente até ativistas que não chegam a lugar algum. São raras as massas pensantes.

Creio que apenas existiriam dois lugares onde as pessoas não brigariam quase nunca: Um onde não existisse dinheiro, onde tudo fosse proveniente de alguma fonte que nunca chegaria à escassez e que fosse de fácil acesso; o outro, algum lugar em que todos fossem muito ricos. Tanto o socialismo quanto o capitalismo, ambos, existem em suas formas utópicas. Alguns lugares e pessoas acabam favorecendo a anarquia. O mundo segue de tal forma cíclica e contínua que a anarquia, até mesmo a anarquia, provém de uma espécie de organização em massa. Talvez por esses motivos todos, vivo cada vez mais sozinho. As pessoas seguem com suas ignorâncias — e realmente somos ignorantes — ao mesmo tempo, buscam a evolução. Talvez morramos menos ignorantes por conta dessa busca, ou mais, quem sabe. Mas de qualquer forma, quando a massa se junta, parece que a ignorância prospera e eleva-se. O maior exemplo de massa autodestrutiva talvez seja o nacionalismo. Sempre achei a maior forma de preconceito disfarçado. Talvez seja redundante, mas sou a favor da internacionalização do mundo. As divisões, a proteção do seu país e todas as outras ideias protecionistas regionais são formas de evoluir ao amor ao Estado, orgulho nacional, que evoluem para serviço militar e guerras. Isso tudo, da mesma forma que vai, volta. É como um veneno que a pessoa jorra no terreno do vizinho sem lembrar que o vento está vindo de lá para sua casa. É intangível e absurdo.

Eu — Mia?

Mia — Adam, o que você está fazendo aqui?

Eu — Mia, você...

Mia — Você está morto também?

Eu — Não! Estou vivo. A Morte disse que não chegou minha hora ainda... Você a conheceu?

Mia — Sim, quando morri.

Eu — Mia, que merda você foi fazer?!

Mia — Adam, eu... Eu só queria que ninguém perguntasse tanto a si mesmo o que eu fui fazer. Não exijo entendimento, só queria que as pessoas soubessem que... Queria que soubessem que talvez isso não fosse feito se não fosse um impulso vital. Uma energia que emanava no momento, uma energia de destruição. Era para destruir tudo o que houvesse naquele momento. Você já ouviu falar em Shiva? Como eu queria ter recebido a energia de Shiva! Destruir tudo para recomeçar, a destruição necessária. Mas eu não sei que merda fui fazer, na verdade, eu acho que não senti possibilidades de recomeço. Destruí tudo para recomeço nenhum. Fiz de forma irreversível.

Eu — Puta que o pariu, Mia! Você sabe que eu fiquei sabendo daquilo tudo naquela merda de labirinto? Você esteve em um labirinto também, Mia? Eu fiquei sabendo que sua vida tomaria outro rumo além daquilo que sei lá o que você pensou... Eu tive a chance, Mia, de tentar impedir você, mas eu não consegui!

Mia — Adam, nós não mudamos as pessoas. As verdades divinas, você lembra? Você ouviu as verdades divinas? Eu estive no labirinto, mas acho que não no mesmo. Eu estive no labirinto da morte. Eu não me sinto parte. Não me identifico.

Eu — Mas que merda, Mia, ninguém se sente parte. Eu odeio televisão, odeio as pessoas, tenho pena delas. Tento conversar, entender, mas elas começam a falar sobre o que passou na novela, sobre o que aconteceu na televisão, sobre as picuinhas cotidianas delas e aquilo tudo quase explode minha cabeça. Mas eu não cheguei a explodir por conta disso, entende? Depois que eu escuto tudo o que elas dizem, com a maior tentativa de paciência do mundo, apenas digo que não costumo assistir muita televisão, em uma tentativa de ser educado. Sabe o que eu escuto? Que sou alienado. Mas nem por isso me jogo do penhasco.

Mia — Adam, eu já disse! Foi um impulso quase vital.

Eu — E se você sentir um ódio de alguma pessoa, quase um impulso vital, por isso, você poderia matá-la?

Mia — Não tem nada a ver. Sabe, Adam, que desde que eu morri vejo até os crimes mais hediondos de outra forma? Um crime que cometi a mim não pode ser considerado hediondo, pode? Enfim, as pessoas têm impulsos vitais, para o bem e para o mal. É como se dentro de cada uma tivesse um demônio pronto para escapar e fazer sua festa, dar continuidade a seu impulso vital sem que se preocupe com as consequências. Quase uma alienação momentânea. A psicologia explica isso?

Eu — Eu sei lá, sempre fugi de psicologia. Tenho medo de pessoas as quais dizem que você é de um jeito se ergue a mão de uma forma ou que você é completamente outra pessoa se ergue a mão de outro jeito. Se você desenha a casa com o chão você é X, se desenha sem chão você é Y.

Mia — Eu não fugi, Adam. Eu encarei meu maior medo de frente.

Eu — Mia, você não tem ideia do grau do problema de fato, você está fora da realidade.

Mia — Eu já sofri muito, Adam. Já vi como seria a minha vida se eu não tivesse feito o que fiz. Mas não tenho escolha, não tenho a opção de voltar. Tenho que ficar vagando, como os espíritas dizem; tenho que pagar, como os católicos dizem; tenho que reviver meu suicídio, como orientais dizem. Estou encarando os fatos. Já que tenho que pagar pelo que fiz eternamente, encarando os fatos novamente, ao menos, vou analisar minhas razões novamente também. Tenho esse direito.

Eu — Você não se arrepende?

Mia — Claro que sim! Mas isso não muda nada! Não posso voltar atrás.

Eu — O desfecho das coisas não, o futuro não, mas talvez mude seu destino a partir de agora, sei lá... Que merda estou fazendo aqui, hein?

Mia — Quem sabe você tenha algo a fazer aqui também, sei lá... Sabe, Adam, meu maior arrependimento é de não ter percebido que as coisas mudam. Como as coisas mudam... Não eram diferentes antes? Não eram de tal forma que tudo ficou tão ruim depois por ter sido bom? Algo não fica ruim sem ter sido bom, certo? Precisamos de um grau de comparação. Mas eu não percebi isso, que tudo mudaria, que seria diferente...

Aquele abismo pareceu meu fim e meu desfecho e minha única opção plausível. Era como se tudo aquilo que eu estava vivendo fosse o meu destino, para sempre.

Eu — Talvez você precise entender o propósito da vida, das coisas, sei lá.

Mia — Propósito da vida... Eu sempre tive minhas dúvidas se a vida tem um propósito... Se não foi simplesmente um acidente químico de algo que já existia por ter acontecido outro acidente químico antes... Acidentes químicos que geram novas coisas e novas vidas e por um acaso estamos aqui. Se a vida não for apenas um acidente, acho que o propósito dela é procriar. Existe uma vespa que entra em uma fruta, deposita seus ovos e morre dentro dela. Ela deixa seus ovos e morre. Cumpriu seu destino. Perpetuou a espécie. Lembrei agora da Narizinho sendo picada por uma vespa quando estava comendo uma jabuticaba, não sei se a vespa estava comendo a jabuticaba, se esta espécie que deposita os ovos existe por aqui. Só sei que foi assim. Eu sei o que você acha sobre o propósito da vida, já conversamos tanto sobre isso. Amar, apesar de, mesmo que, tolerar as pessoas, gostar de tudo e todos mesmo com todas as adversidades. Uma visão um tanto budista ou hinduísta.

Eu — Que vontade de comer uma jabuticaba.

Mia — Controle seus ímpetos, Adam.

Ela riu.

Mia — Estamos sei lá onde e não podemos comer, eu acho.

Eu — Veja, Mia, este chão... Quantas palhetas!

Mia — Acho que estamos no mundo das palhetas...

Eu — É para cá que vêm as palhetas que somem? Sempre achei que deveria ter um buraco negro que atrai palhetas.

Mia — Deve ter algum lugar com vários elásticos de cabelo então... Talvez um com pés de meias.

Mia — Isso deve vir do teu subconsciente. Você está achando lógica e respostas para seus próprios questionamentos... E eu estou vivendo no seu sonho, delírio, viagem, ou sei lá o que é isso. Você está me dando vida novamente, Adam. Eu lembro daquela música, a dos Rolling Stones, e me identifico tanto... "Maybe then I'll fade away and not have to face the facts. It's not easy facin' up when your whole world is black".

Eu — "I could not foresee this thing happening to you".

Mia — Talvez se eu tivesse feito algo importante na vida...

Eu — É muito difícil fazer algo importante na vida, Mia. As pessoas não querem que você faça algo importante. Começa pelo fato de que os professores, os coitados dos grandes professores, são tão limitados pelas Universidades... Vários professores entram nas Universidades porque é a única forma de realizar pesquisas. Mestrado, por exemplo, não sei em outros países, mas aqui, tem que estudar didática, dar aulas e fazer pesquisa e ter aulas e trabalhos. Se alguém quer ser pesquisador, precisa necessariamente aprender a ser professor, se alguém quer ser professor, precisa necessariamente aprender a ser pesquisador. Pensei em fazer um mestrado porque queria fazer uma pesquisa em uma determinada área, quando vi, havia linhas de pesquisa pré-determinadas. Havia professor e linha de pesquisa para minha área, mas gostaria de pesquisar em um grupo bem específico de pessoas, as crianças. Além do mais, exigia tempo integral, mas não havia garantia de bolsa de estudos, a qual, caso eu passasse, ficaria sabendo durante o ano letivo se receberia. As instituições nos amarram.

Mia — Eu sei bem disso. Adorava escrever. Escrevia bem, desde criança. Na escola ensinaram redação e falaram que poesia tinha que ter rima rica, primeira linha com a terceira e aquela firula toda. Os textos tinham que ter forma e quem tirava boas notas era quem escrevia pouco, pois tinha menos chance de errar. E as estórias, ou em certos casos histórias, eram medíocres, mas estavam no formato certo. Estórias, por exemplo, existe o termo estória para diferenciar de história, que engloba fatos. É uma palavra que tenho até receio em utilizar, pois muitas pessoas não conhecem e acham que eu é que estou errada. Parei de escrever, ficou chato. Começou a ganhar muita forma e pouca criatividade. Lembra-se do Paulo? Aquele bem rico, muito rico, que usava todo o dinheiro que tinha para jogar na Mega-Sena? Ele está vivo ainda? Era muito rico e não gastava um centavo que não fosse com comida ou com a casa, tudo ele jogava na Mega-Sena...

Eu — Quanta redundância. Para ver se fica mais rico, para ter mais dinheiro para jogar para ver se fica mais rico...

Mia — Será que nós vivemos em alguma redundância que não enxergamos também? É tão fácil ver a forma como a vida do Paulo se repete... Mas as pessoas todas são tão previsíveis. Falta observar melhor...

Eu — Concordo, mas acho que falta também desligar o lado emocional. As pessoas são realmente tão previsíveis, mas às vezes, vemos o que queremos ver, ou não enxergamos o que não queremos. Se você analisar de forma fria e aguçar a percepção, percebe os próximos passos das pessoas. Mas por que você lembrou do Paulo, Mia?

Mia — Ah, sei lá... - e riu.

Mia — Eu acho que os estudos deixaram ele desse jeito, sabe... Escola, colégio, universidade ou sei lá o que... Devem ter colocado ele em um daqueles moldes e o deixaram daquele jeito...

8

Sobre a loucura

Eu — Mas às vezes ainda penso se estou louco, se por um acaso eu estou imaginando você e tudo isso. Nunca vou saber se você está realmente aqui agora, no meio de toda esta confusão.

Mia — E se as pessoas todas não existirem, Adam? Se você for sozinho no mundo e tudo isso uma criação da sua cabeça? Se você for uma partícula em algum universo vazio e escuro e nada existisse; essa partícula pode ter se desenvolvido de tal forma, que criou toda uma vida dentro de si. E essa partícula é o mundo, é você. Às vezes penso sobre isso...

Eu — Eu vi a sua história, Mia. Como você conheceu seu marido, que você não vai conhecer porque não está mais viva. Vi você sentada na mesa de um bar com alguma amiga que não conheço. Ele estava em outra mesa com amigos e pediu para a garçonete entregar um livro para você. O livro era *Os Miseráveis*, do Victor Hugo. Foi desta forma que vocês se conheceram. Você encantou-se com isso e escreveu no outro lado do mesmo guardanapo que ele poderia ter mandado uma bebida doce e ruim, subestimando seu gosto. Mas não, captou sua essência tão bem que mandou um livro, que por sinal era um dos que você estava lendo no momento. Você escreveu também algum trecho do livro, talvez para mostrar que não era mentira. Você estava lendo tudo em voz alta para sua amiga e comentou que gostaria de estar carregando algum livro na bolsa para mandar para ele naquele momento, mas você não tinha. Aí você escreveu também para ele que se ele a conhecesse, talvez não tivesse captado tão bem a sua essência. Você completou no final, fazendo uma analogia a Fernando Pessoa: "Pois possuir é perder, sentir sem possuir é guardar, porque é extrair de uma coisa sua essência...". Escreveu seu telefone no final.

Mia chorou.

Eu — Não fique triste, Mia. As coisas mudam o tempo todo. O mundo gira e as coisas não voltam para o mesmo lugar, como todos falam. A maré muda, tudo muda. Quem sabe como seria e o que seria? É uma cena bonita, mas toda cena é bonita quando a vemos de fora. Fantasiamos tanto em nossas cabeças... Não conseguimos transpassar isso para a vida real. Mesmo os artistas, eles fazem desenhos e pinturas, esculturas e qualquer coisa mais que possa ficar deslumbrante, mas com certeza não ficará exatamente igual ao que imaginaram no princípio. Tudo começa com uma ideia, mas a execução nos mostra a verdade. A verdade é a realidade, o depois. Além do mais, não estamos em um mundo real mesmo, isso não representa a realidade, por tanto.

Mia — Talvez nunca saibamos a verdade; mas estamos perto, Adam. Não somos feitos do mesmo molde, nem nós dois, nem do mesmo molde de outra pessoa. Quem entra no padrão nunca mais volta, entra no molde e para sair moldado utiliza muita energia, vai embora toda sua criatividade como consequência da reação.

Eu — Mia, eu tenho que ir...

Mia — Vai para onde, Adam?

Eu — Eu não sei, só sei que tenho que ir. Você vai também, Mia?

Mia — Eu não sei. Os atos não têm volta, Adam. Eu não tive chance, eu não sei nem ao menos onde estou...

Judy — Adam, acorde!

Percebi que eu estava deitado na grama com várias pessoas em volta, todo molhado.

Eu — O que aconteceu?

Judy — Aconteceu que você pulou para tirar a Mia da água, que estava se afogando, e afogou-se junto.

Eu — Cadê a Mia?

Judy — No hospital. A ambulância a levou porque teve alguns ferimentos, mas ela está bem. Vocês todos ficaram loucos, você e a Mia principalmente. Somem e aprontam uma dessas...

Robin — Vamos, Adam. Levante-se, vamos!

Eu — Robin, eles acham que estamos loucos, todos nós aqui. Mas não, eles é que estão, eles é que fazem parte de um molde, fazem exatamente as mesmas coisas, não enxergam o que seus olhos veem. Apenas vivem automaticamente, absorvendo as ideias alheias e os acontecimentos de forma mecânica. Nós não, nós vimos a verdade sagrada. Eles estão loucos.

Composto com fonte Book Antiqua.

Impressão sob demanda.

www.ingramcontent.com/pod-product-compliance
Lightning Source LLC
Chambersburg PA
CBHW030600130626
46552CB00006B/2611